我不是最弱小的

● [苏]苏霍姆林斯基◎著
● 黎铮 王丽娟 任立侠◎译

长江出版传媒 | 长江文艺出版社

目录

听苏霍姆林斯基
讲故事

苏霍姆林斯基和孩子们

听苏霍姆林斯基讲故事

我不是最弱小的

　　一天周末，爸爸妈妈带着五年级的托利亚和 4 岁的萨沙来到森林。森林里很漂亮也很有趣。父母指给孩子们看铃兰盛开的草地，旁边是野蔷薇丛，已经开了第一朵花，芳香馥郁。全家坐在灌木丛下休息，爸爸在读一本有趣的书。突然传来隆隆的雷声，几滴雨点落了下来，然后下起倾盆大雨。

爸爸把自己的雨衣

给了妈妈，妈妈就不怕淋雨了。

　　妈妈把自己的雨衣给了托利亚，

托利亚就不怕淋雨了。

　　托利亚把自己的雨衣给了萨沙，萨沙

就不怕淋雨了。

萨沙问："妈妈，这是为什么：爸爸把自己的雨衣给你，你把雨衣给了托利亚，托利亚把雨衣给了我。为什么每个人都不穿自己的雨衣？"

"每个人都应该保护更弱小的人。"妈妈回答。

"为什么我保护不了别人呢？"萨沙问，"所以我是最弱小的？"

"如果你保护不了任何人，那你真的是最弱小的人。"妈妈微笑着回答。

"但我不想成为最弱小的人！"萨沙坚决地说。

他走到野蔷薇灌木丛前，掀开雨衣，盖在粉红色的蔷薇花上：大雨已经打掉了两片花瓣，花儿低下头，虚弱无力，它没有保护自己的能力。

"现在我不是最弱小的人了吧，妈妈？"萨沙问。

"是的，现在你很坚强，而且很有勇气！"妈妈回答。

因为我们说 "您好"

一对父子走在林间的小路上。四周寂静，只听得见远处啄木鸟啄木的声音和丛林深处潺潺的溪流声。

突然，儿子发现一个拄着拐杖的奶奶朝他们走来。

"爸爸，老奶奶要去哪？"儿子问道。

"也许是找人，和朋友见面或是送行吧。老奶奶可能是因为这些原因出门的。"

爸爸回答道，"我们和她碰面的时候，要跟她说'您好'打招呼。"

"为什么要对她说这句话？"儿子迷惑不解，"我们原本不认识啊。"

"碰面时你跟她说，到时候你就会明白了。"

老奶奶走过来了。

"您好。"儿子说道。

"您好。"爸爸说道。

"您好。"老奶奶微笑着回答。

儿子惊讶地发现，周围的一切都发生了变化。阳光更加温暖灿烂，阵阵微风拂过，树叶沙沙作响，鸟儿在灌木丛中歌唱——这都是他之前没有察觉到的。

男孩内心感到十分快乐。

"为什么会这样?"儿子问道。

"因为我们说'您好',对方开心地笑了笑。"

彼得的假期

日出前，妈妈去上班，她叫醒了 9 岁的彼得，并说：

"你的假期开始了，今天你的任务是：在屋子旁种下一棵小树，阅读《遥远的青山》。"

妈妈讲明了在哪里挖树，如何种植，将《遥远的青山》那本书放在桌子上，接着就上

班去了。

彼得想到："我再睡一会儿，妈妈出门上班，我正好睡得舒服呢。"他躺下去，马上就睡着了。他做了一个梦：他在小屋旁种的一棵树长大了，而"遥远的青山"也并不遥远，就在池塘边。

彼得醒了："哎，糟糕啊！"太阳已经升到了空中，他想立刻开始劳动，但他又想到："时间还来得及。"

彼得坐在一棵高大的郁郁葱葱的梨树下，想着："我坐一会儿再开始劳动吧。"

然后，彼得走进花园，吃了新鲜的水

果，跟蝴蝶又玩了半个小时，然后再次坐在梨树下。

晚上，妈妈回来后说道：

"儿子，让我看看你都做了些什么。"

而彼得却什么都没做，他很惭愧，不敢正视自己的母亲。

"儿子，你要知道，现在地球上少种了一棵树，而在人类里也少了一个知道什么是《遥远的青山》的人。你失去了巨大的财富——知识。现在，无论你多么努力，也无法了解你浪费的这一天所了解的一切。来吧，让我来告诉你，人们在你浪费的这一天都做了些什么。"

妈妈牵着彼得的手，来到一块刚刚耕

过的麦田边，说道：

"昨天这里还是刚刚收割过的麦田，今天已经被开垦完毕。这是拖拉机手的劳动，而你却在虚度时光。"

她带孩子去了一个集体农庄的村民家里，这里摆着许多装满苹果的木头箱子，说道：

"这些苹果早上还在树上，现在，你

看到了，装在了箱子里。它们将在晚上被送到城市里。我也在这里工作，而你却在虚度时光。"

妈妈把儿子带到一大堆谷物旁，她说：

"早上这些谷物还是麦穗。收割机的操作员把它们收割下来，脱粒，磨碎，司机把它们运回来，而你却在虚度时光。"

妈妈把孩子带到一座白色大楼前，她带着儿子走了进去，彼得看到在货架上有很多烤好

的面包，这里所有的东西闻起来都是面包的香气。

"这是面包房，早晨这些面包还是面粉，但是现在它们成为可口的食物……真想尝一尝美味的面包。面包师全天工作着，汽车开来，面包将被运到商店，而你却在虚度时光。"

最后，他们走进了一栋屋子里，在门口彼得念道："图书馆。"图书管理员指着一个大架子，上面放着很多书。

"这些都是最近大家读完

的，今天才还回来。而且，又借走了同样数量的新书。"管理员说道。

"……而我却在虚度时光。"彼得自己想到。彼得感觉到了羞愧，低下了头。现在他明白了什么是"失去的一天"了。

可怜的孩子

6 岁的格里沙在院子里跑来跑去，一不小心踩到了一根小刺。刺扎进了脚趾里，他感到痛了。格里沙坐在板凳上，把脚架起来，想把小刺拔出来。

妈妈看到了儿子，想格里沙在干什么？她举起双手，跑向自己的儿子，拥抱他、亲吻他，并哭着说：

"我的小宝贝，可怜的孩子，你受伤

了吗?"

这时,格里沙觉得脚疼了,脚后跟也有刺痛感。妈妈帮助他清洗伤口,并用绷带包扎。

"坐在这里儿子,不要乱跑。"她对格里沙说,擦干了眼泪。

但是格里沙并不想坐下来,而是想继续玩。

过了一个小时,格里沙在跑的时候,又踩到了一块锋利的小石头。他想起妈妈因为他的脚被刺伤而哭泣,又感觉痛了。他跑回了家,坐在了板凳上,抬起脚看到:尖石头在脚下留下了红色的痕迹。格里沙觉得脚更疼了。

"妈妈……"他哭着，"快过来，我的脚疼……"

　　妈妈看到之后，举起双手跑向儿子，拥抱着他，亲吻着他……格里沙流下了眼泪，他觉得自己很可怜……

几年过去了，格里沙成了小学生。天气寒冷的时候，他就会待在家里。阴雨连绵的天气，他也不想上课，妈妈对他说："一天也没什么，今天不用去学校了。"

当格里沙成为少年时，班级里的同学在田野里劳动，而他却在家里。不是肚子疼就是脚疼。

当格里沙18岁的时候，他长成了高大、英俊的年轻人，并应征入伍。午夜响起了战斗警报，士兵们用三分钟穿好了衣服并排好队开始行军。行军中每个人行动迅速、斗志昂扬，只有格里沙低下脑袋停滞不前。

"你为什么走得这么慢？"指挥官格里高利问道。

"走不动……太难了……"格里沙回答。

"难道参军是件容易的事情吗？"

格里沙沉默了。

7 个小鸟面包

一位母亲有 7 个儿子，年龄最大的 10 岁，最小的 3 岁。

母亲用麦子做了 7 个小鸟形状的面包，另外还有一个是给自己的。

母亲把小鸟形状的面包从炉子中取出，放到餐桌上，孩子们并排坐着。他们目不转睛地看着小鸟面包，看着母亲的眼睛，等待着母亲微笑着点头的时刻。那时

他们就可以吃面包了，他们多么明白母亲点头和微笑的意义啊！7个蓬松、焦黄的小鸟形状的面包放在桌子上，朝向开着的窗户，仿佛会飞出窗外一样。

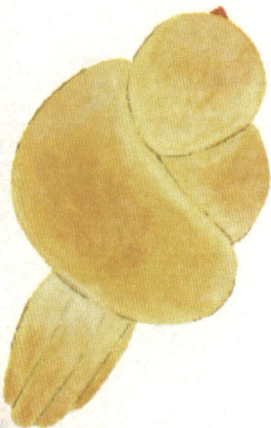

母亲说："去吧，孩子们，去院子里玩一会儿，让刚出炉的面包凉一下。"

6个儿子来到了院子里，而最小的孩子，母亲叫他"小指头"，留了下来。"小鸟形状的面包看着真好吃啊！""小指头"

想着，他无法从凳子上
离开。

　　"小指头"坐在桌旁，他的手伸向面
包。拿着一个热的小鸟形状的面包，放进
了嘴里，咀嚼着，很快面包就吃完了。吃
完后，"小指头"感到了害怕，马
上跑到院子里与兄弟们一起
玩耍。

　　不久，母亲召集儿子们

坐到桌子旁。7个人每一个人都有一个小鸟面包，唯独母亲没有。

"您的面包呢？"大儿子问道。

"我的小鸟面包从窗口飞走了。"母亲叹了口气，靠在椅子上，陷入深思。

这时，"小指头"流下了眼泪。他为母亲感到难过，他愿意给她最好看、最可口的小鸟面包。当母亲说到小鸟面包从窗户飞走的时候，"小指头"十分难过，感觉到巨大的痛苦，他既不能站起来，又不能说一句话，眼睛也抬不起来。兄弟们又跑到院子里，在阳光明媚的草坪上嬉戏，只有"小指头"一直坐在那里，他感到非常后悔。

9 岁的科利亚

9 岁的科利亚拿了一块面包，来到了花园，朝梨子扔去。他想把成熟的果实从树上撞下来。

老师走了过来，问：

"你在做什么，科利亚？"

男孩低下头，感到惭愧。他知道自己犯了什么错误，但希望没人看到他扔面包。

"捡起面包。"老师说道。

科利亚捡起地上的面包。

"你有干净的手帕吗？"

男孩没有干净的手帕。老师掏出手帕对科利亚说：

"把面包放在手帕里。"

科利亚用手帕包住面包。

"把这个面包带回家……放到壁橱里……放到存放着最有价值的东西的地

方，比如爸爸所获得的荣誉证书、你的出生证、父母的结婚证书等等。每个家庭都有一个珍藏这些东西的地方。让你妈妈把这个手帕包放在那里。我要和你妈妈谈谈。让面包一直保存着，直到你长大，有了孩子。当你老了，嘱咐你的子孙：'面包是劳动、荣誉和人的生命，嘲弄它就是最大的邪恶。'"

"谢谢您的教导。"男孩小声地说。

科利亚保留了这块面包许多年，当他的两个儿子开始明白什么是劳动和光荣的时候，他向他们展示早已变硬的面包，回忆起多年前的往事，科利亚说道：

"如果你在童年时期犯了一个小错误

并且始终将它铭记在心，那么当你长大成人，你就不会为自己所犯的大错而后悔，不会伤心于：为什么父母不教导我？为什么他们不对我提出要求？父母教育你，严格要求你，在学校里老师也会严格要求你，但你们必须要严格要求自己——做不到这一点，就没有诚实正直的生活。"

蜂蜜和白面包

爷爷安德烈请孙子马特维做客。爷爷在孙子面前放了一大碗蜂蜜和一个白面包，邀请道：

"马特维，吃蜂蜜吧，想要用勺子把蜂蜜抹在面包上，还是用面包蘸着蜂蜜吃？"

马特维先用勺子把蜂蜜抹在面包上，然后再用面包蘸着蜂蜜吃。他吃得太多，以至于呼吸都困难了。他擦了擦汗，叹口气问道：

"请问，爷爷，这是椴树蜜还是荞麦蜜？"

"怎么啦？"安德烈爷爷惊讶地说道，"我请你吃的是荞麦蜜，孩子。"

"椴树蜜好吃得多呢！"马特维边打哈欠边说，饱餐过后，他想睡觉了。

安德烈爷爷觉得很难过，他沉默了。孙子继续问：

"做面包的面粉是春种的小麦还是冬天的小麦?"

　　安德烈爷爷的脸色变了。他心痛得难以忍受,呼吸也变得困难了,他闭上眼睛,叹着气。

妮娜过生日

按当今的标准，妮娜拥有一个大家庭：妈妈，爸爸，两个兄弟，两个姐妹和一位奶奶。妮娜最小，她才 9 岁。奶奶年龄最大，她 82 岁了。一家人吃饭时，奶奶的手在晃动。大家都习惯了，不去注意。如果有人看着奶奶的手，想着为什么她会发抖，她的手会抖得更厉害。要是奶奶拿着汤匙，汤匙也会颤抖，汤会滴在桌子上。

妮娜的生日快到了。妈妈说将要开个生日宴会。她和奶奶烤了一个大大的甜蛋糕，让妮娜邀请自己的朋友们。

客人们来了。妈妈在桌上铺了白色的桌布。妮娜想：奶奶会坐在桌旁，但她的手发抖，朋友们看到会笑话的，他们会告诉学校的每个人。

妮娜对妈妈轻声说：

"妈妈，今天别让奶奶坐在桌旁……"

"为什么？"妈妈很惊讶。

"她的手在颤抖，汤会滴在桌子上。"

妈妈脸色苍白，一言不发，她将白色的桌布收起来，放进壁橱里。

妈妈沉默了半天，然后说：

"奶奶今天病了，生日宴会取消了。恭喜你，妮娜，生日快乐。我对你的愿望是：成为一个真正的人。"

卑鄙的事

八年级学生亚历山大从学校回家。在积雪覆盖的街道上，他超过了小女孩妮娜，而为他让路的女孩陷进雪堆里，靴子也掉了。亚历山大看到了这些，但他并没有帮忙，而是嘲笑妮娜，妮娜哭了。亚历山大没有想到他的行为会引起同学的愤怒。这种"嘲笑他人"的行为刻在了那些在暴风雪中护送孩子回家的同学们心中，他们对

亚历山大说：

"卑鄙的事，既不需要智慧，也不需要勇气。卑鄙的人就是卑鄙地存在着。"

"嘲笑流泪的孩子就是背叛！"

"你应该把她抱起来，将她带离雪堆，
而且不要告诉任何人这件事！"

黄牛和农夫

黄牛和农夫来到田地，套上犁开始耕地。它慢慢挪动着双腿。田犁起来并不容易，但是黄牛习惯了服从，它知道如果它停下来，主人就会用鞭子抽打它，甚至给它喂更少的干草。农夫正用铁锹在葡萄园里挖石头。早晨，黄牛听到了主人与农夫之间的对话，主人提议让农夫带着黄牛耕一下葡萄园的田地。农夫回答说："这种石质的土壤，即使是黄牛也没有办法，只有人才能胜任。"这番谈话引起了黄牛的好奇。晚上，它想："是什么让农夫如此努力地劳动呢？"它不相信没有它的帮助，农夫能够顺利完成这项工作。但是随后他们同时来到地里，黄牛看到：农夫挖了许多含有岩石的土壤，一边挖还一边唱歌。因为惊讶，黄牛几乎停在了犁沟中，但又想起了鞭子……农夫流淌着汗水，唱着歌，神情开朗而愉快。

"农夫，你不累吗？"黄牛追上农夫问道。

"哎，好辛苦啊……"农夫回答。

"但你为什么要唱歌，并且看上去这

么开心呢？"

"因为我看到这块石头多的土地被我挖掘出来，看到在上面丰收的葡萄园，看到了我自己的喜悦！"

"你怎么看到这一切的？"黄牛惊讶地问，"这根本都不存在呀。"

"如果一个人只看到已经存在的东西，他就不配称为人。"

"农夫，教教我怎么看到那些东西吧。"

"好吧。"农夫回答，"现在我将你从牛轭中解放出来。"

　　"但没有牛轭和鞭子，我将不能耕地了。"牛哀声说道。

　　农夫两手一摊，思考到，被轭和鞭子逼迫的人是看不到未来的。但是，他没有再说话，因为牛仍然什么也听不懂……

鹅妈妈和小鹅

炎热的夏日，鹅妈妈带着黄色的小鹅们出去散步。她第一次向孩子们展示了这样一个伟大的世界。这个世界是明亮的、绿色的，充满了欢乐。

在小鹅们眼

前，是一片广阔的草

地。鹅妈妈开始教小鹅吃小

草纤细的茎。草茎甜甜的，阳光温

暖柔和，草地软软的，万物舒适而美好，

还有唱着歌的蜜蜂、甲虫和蝴蝶。小鹅快

乐极了。

　　小鹅们忘记了妈妈，在绿色的草坪上

四处嬉戏。当生活幸福的时候，当心中充

满了和平与宁静的时候，妈妈常常是被遗

忘的。鹅妈妈开始用担忧的声音呼唤孩子

们，但是他们都没听见似的。突然，乌云密布，大雨滴落在了地上。小鹅们想：世界不是那么舒适美好了。当他们想到这一点的时候，他们每个人都想起了妈妈。突然，他们觉得非常需要自己的妈妈。他们举起小脑袋，朝她跑去。

同时，天空降下了大冰雹。鹅妈妈很快跑到孩子身边，抬起翅膀，把自己的孩子们遮住。翅膀的存在首先是为了掩护孩子——这是每位妈妈都知道的——然后才是为了飞翔。翅膀下面既温暖又安全，小鹅们听见从远处传来的雷鸣、呼啸的大风和冰雹敲打的声音。他们甚至感到快活起来：妈妈的翅膀外面正发生着可怕的事，而他们却这么温暖舒适。他们没有想到翅膀有两面：里面暖和舒适，外面寒冷危险。

不久，一切都

平静下来。小鹅们只想

尽快跑到草地上，闹嚷着要求：

"妈妈，让我们出去吧。"是的，他们

不是请求，而是要求，因为如果孩子感受

到妈妈强而有力的手时，就不是请求，而

是要求了。妈妈轻轻地举起翅膀。小鹅们

跑到草地上。他们看到妈妈的翅膀受伤了，

许多羽毛折断了。鹅妈妈呼吸困难，试图

伸展翅膀，却做不到。小鹅们看到了这一

切，但世界又变得那么美好，太阳又

那样明亮又温柔地照耀着，蜜蜂、

甲虫和蝴蝶们又唱得那么动

听，让小鹅们没想到要

去问:"妈妈,你怎么

了?"只有一只,最小又最

瘦弱的那只小鹅走到妈妈跟前问道:

"为什么你的翅膀受伤了?"鹅妈妈悄悄

回答,似乎为自己的痛苦感到羞愧:"一

切都好,孩子。"黄色的小鹅在草地上到

处嬉戏,鹅妈妈感到很快乐。

牛与山雀

晚上，池塘上结了一层薄薄的冰。黎明时分，冰面倒映出彩虹般的光泽：孩子们，看啊，黎明的色彩是如何闪烁的？冰面变成了深红色，然后是粉红色、红色，最后变成了紫色，就像烈火一样。太阳从地平线上升起来了，冰面又变成深红色。一只山雀坐在柳树上，欣赏着朝霞映在冰面上变幻的色彩。山雀用自己美妙的鸣叫

称赞着精致细腻的美，歌声充满欢乐又有

些许忧伤，因为太阳升起后，冰就要开始

融化，所有迷人的景色都会消失。

　　"我很小，脚爪像绒毛一样柔软，但

是我不能坐在这神奇的镜子上。"山雀告

诉全世界，"是的，它是一面反映整个世

界的镜子。看，它多么美！这种美好的时

刻，怎么可以依然沉睡在梦里呢？"

这时，岸边站着一只牛。它听了山雀的歌声，非常感动。如果它不是牛的话，它会因为感动流下泪水，可它是一只牛。它想更靠近一些去看看山雀歌唱的美。它走到冰的边缘，但在这里它还是看不到池里的美景。于是牛儿走进池塘，冰块发出破裂的声音，神奇的镜子碎了，污泥从池底升起。

　　"美跑到哪里去了？"牛嘟着嘴，喝了口水，走到对岸。

　　《牛与山雀》的童话故事告诉我们，美只向有智慧和有思想的人展现。

苏霍姆林斯基和孩子们

挖土豆

一次，我和孩子们一起去地里挖土豆。

"你们 8 岁了。"我对孩子们说，"要真正开始劳动了，地上别落下一个土豆。"

费佳和我一起，我负责四行，他负责一行。

费佳不想劳动。他只挖出长到地上面的土豆，而不想刨埋在泥土下面的土豆。他这里挖一挖，那里挖一挖，留了很多土豆。我看到了他敷衍的行为，刨出费佳剩下的土豆，对他说：

"难道你不觉得惭愧吗？有人正看着你所做的一切。"我做出好像旁边有个人的样子。

费佳惊讶地环顾四周，说道："那个人

在哪里？他看到了什么？"

"在你的身体里。他看到了一切，注意到了一切，但你听不到他在说些什么。试着听一听，你就会听到这个人的声音，他会告诉你该怎么工作。"

"这人在我身体中的哪里呢？"费佳更惊讶了。

"在你的脑海里、思想里和感觉里。"

费佳开始挖新的土豆，他挖出最上面的土豆后，想离开去挖别处的，突然好像有人在责备他："费佳，你在做什么？地下还有土豆啊！"费佳感到惊讶，望望四周，谁也没有，但就是好像有人在看着他，让他感到十分惭愧。

"有个人在看着我劳动。"费佳想，于是他扒开泥土，挖出了一些大土豆。费佳开心起来，轻松地舒了口气，甚至唱起了歌。

　　这个男孩劳动了一个小时、两个小时，他的思想变得越来越奇怪。他想："为什么要挖这么深？这里可能没有土豆。"但是这个念头在他的脑海里很快荡然无存，因为在他看来，有人看到了他在想什么。他感到了惭愧，同时又感到了愉快。为什么会愉快呢，他自己也说不清楚，而为什么会感到惭愧，他自己却十分明白："不想成为坏人。"

　　二十二年后，费佳向我讲述了他对这

段经历的感受，这时他已经 30 岁了，并
且是两个孩子的父亲……他说道："每当我
记起当时不想刨深一点，挖出所有土豆时，
现在还会感到惭愧。"

荒废的草原

每一代小学生准备加入少先队时，我会带他们到一处荒废了的草原去远足。山坡上，孩子们看到了一些枯萎的灌木丛，灌木丛后面有几棵橡树，再往下就是田野。炽热的阳光从远处照射着这片荒地，远处是一个村庄。

这片荒地在很久以前曾经是一个深水塘，里面有许多鲤鱼和鲫鱼，池塘边长满

了柳树，人们可以坐船从村子里来到阴凉的橡树下。橡树很多，树林中还有许多松鼠，然而，发生了什么事？为什么池塘消失了？

这是一个古老的村庄，据说，人们很早就挖了这个池塘并定居在岸边。但是人们觉察到，池塘填满了淤泥。村民们开会后决定：每一个在池塘里洗澡或者只是在

岸上欣赏美景的人，必须从池塘里采集一桶淤泥搬到山坡上，倒在田地里。

人们遵守着这个规矩。在岸边的柳树上倒挂着很多木桶。成年男人用大桶，女人和青少年用较小的桶，孩子则用更小的桶。只有在母亲怀中的婴儿不用为此付出劳动。池塘一年比一年清澈并且越来越深。

后来有一户人家（父亲、母亲、四个儿子、两个女儿）搬到了这个村庄，定居在池塘附近。这个家庭的每个人都在池塘里洗澡，但是并没有用桶去搬运淤泥。

起初人们对此事并不太关注。但是后来他们发现许多年轻人也开始这样做：洗澡但是不搬淤泥。

老人们开始告诫年轻人："你们这是在干什么？"

但是年轻人们说："之前其他人可以，我们也可以。"

他们做了不好的示范。许多人在黄昏之后来洗澡，因为这样不容易被人发现……

老人们摇着头，什么也做不了。木桶破裂、散落，然后就完全消失了。古老的习俗被人遗忘。每一个人都只认为：在我生活的时代这水塘足够用了……于是淤泥越来越多，池塘变成了沼泽，杂草丛生。鲫鱼和鲤鱼也都消失了。有一段时期，只有春天池塘才有点水，不久，春天也没有水了。池塘就这样消失了。

夜里的火车

我们坐在车厢里，列车向温暖的海边行驶。天黑了，孩子在摇晃的车厢里昏昏欲睡，他们躺在柔软的床上。年纪最小、有一双乌溜溜大眼睛的奥莉娅问道：

"您说火车是司机驾驶的。那么谁会在深夜里开火车呢？火车自己会开吗？"

"司机夜里也在开火车。"

"怎么开呢？"奥莉娅十分惊讶，其他

孩子也十分惊奇地抬起头倾听，"难道司机深夜不睡觉吗？"

"不睡觉。"

"我们睡觉，他一整夜都不睡吗？"奥尔加更加惊讶了。

"是的，驾驶员深夜不会睡觉的。如果他睡了哪怕一会儿，火车就会脱轨，我们都会丧命。"

"怎么会这样呢？"奥莉娅还是不明白，"难道他不想睡觉吗？"

"想啊，但是他必须要驾驶火车。这就是他的职责。看着窗外，你们可以看到拖拉机司机在田间耕种土地。深夜了，还是有人在劳动，你们看到探照灯把田野照

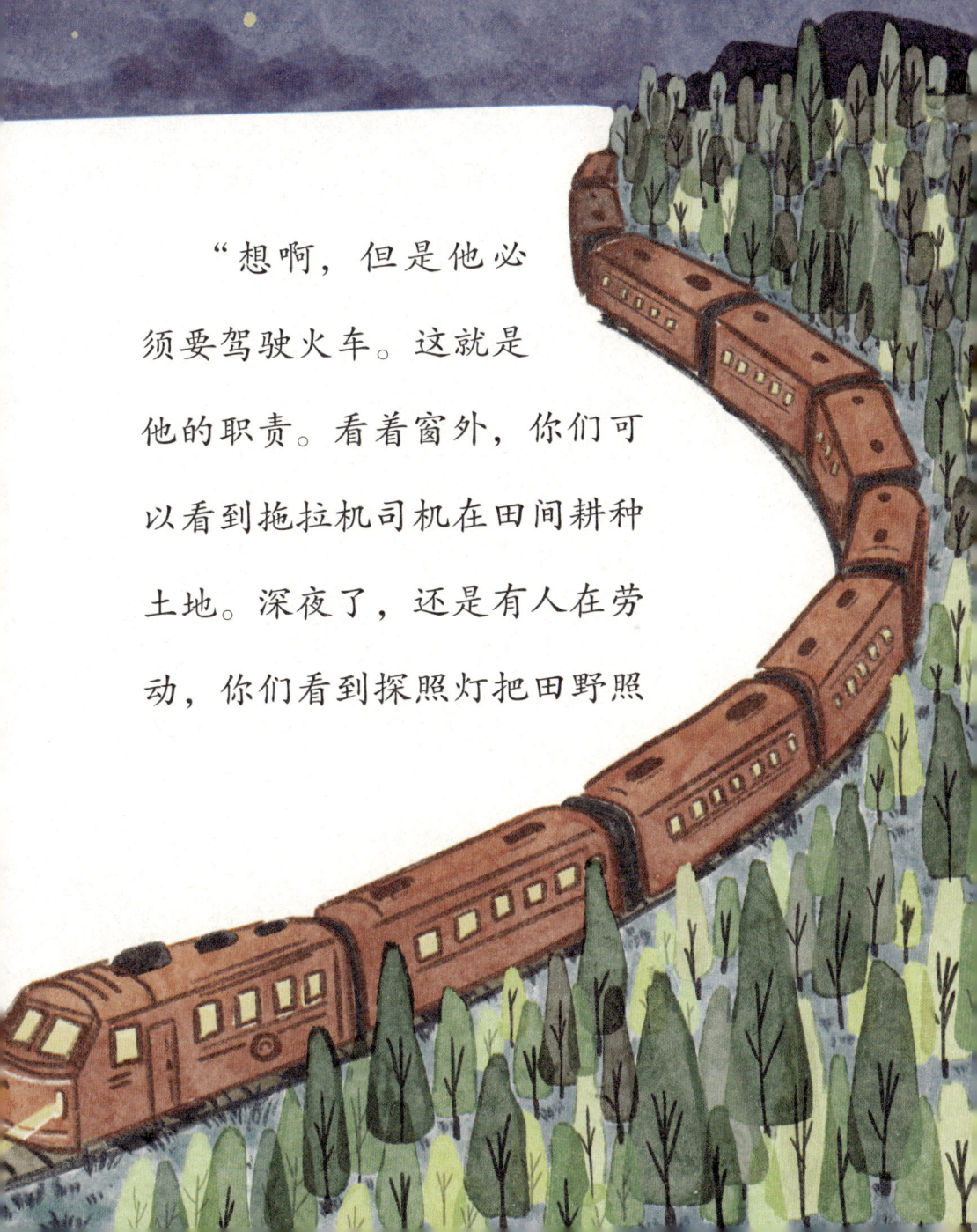

亮了吗？因为他们必须在晚上劳动，如果只在白天劳动，面包和粮食就不够了……"

"那我的义务呢？"奥尔加问道。

"还有我的，还有我的……"孩子们问道。

"我们所有人的义务呢？"

"长大成人，这就是你们最主要的义务。"

早起的谢廖沙

我们集体农庄的农艺师有一个 5 岁的孩子。夏天，黎明一到，父亲就把孩子叫醒。

"谢廖沙，起床了！我们去寻找大自然的美丽！"

儿子很快就起床穿好衣服，他们走在田野中。东方的天空，由苍白变成蓝色，再变成粉红，星星逐渐消失了。远处的某个地方，升起一团灰色的小球。突然，灰色的小球在蔚蓝的天空中像火光一样耀眼，这时父子听到了令人惊叹的音乐。好像有人在空中拉起银色的琴弦，让一只火鸟用翅膀一根根拨动，将奇妙的音乐洒向田野。儿子屏住呼吸。他想：如果我们睡着了，这只百灵鸟还会唱歌吗？

"爸爸，"这个男孩轻声问，"现在那些睡觉的人能听到这音乐吗？"

"听不到。"父亲小声回答。

"他们是多么不幸啊……"

现在，这位农艺师的儿子14岁了。从暑假的第一天开始一直到秋天，他都在田地里工作。他比父亲要早半小时起床，来到村郊，专门去听百灵鸟唱歌，看太阳升起。然后，儿子和父亲一起去田野，他们一整天都在那里工作，到了晚上一起回家，看着天空的繁星，聆听大地的寂静。我坚信一个人的精神力量源自对美的认知：一个善于思考、创造、知道如何指挥自己和控制自己的人，会与对"困难是美丽的"这一点的认知和经历同时诞生。让"必要"和"困难"融合在一起，如果

没有这种融合，又怎么会成为一个坚强的
人呢？坚强的人必须要能够克服自己的弱
点，体验战胜自己的喜悦。这种融合始于
年幼时克服了巨大的苦难、创造了美好的
精神生活的经历。这些是让人变得更好的
力量的源泉。

受伤的云雀

　　有一次在田野里游玩时，我们在草地上发现了一只翅膀受伤的云雀。鸟儿拍打着翅膀在地上不停地挣扎，但一直飞不起来。孩子们抓住了这只小云雀。这只小小的鸟儿在孩子手中颤抖着，珠粒般的两只小眼睛惊恐地仰望着蓝天。科利亚紧紧地攥着鸟儿，小鸟发出凄惨的叫声。孩子们笑了。"难道他们当中就没有人可怜一下这只被同类抛弃在旷野中的小鸟吗？"我一边想着，一边看着孩子们。我看到丽达、塔尼娅、丹科、谢廖沙和尼娜等人的眼里含着泪珠。

"你为什么要折磨这只小鸟？"丽达问科利亚，声音中充满了怜惜。

"怎么，你可怜它吗？"小男孩问，"呐，给你，你去照顾它吧！"他把鸟扔给了丽达。

"我就是觉得它可怜，我就是要照顾它。"丽达温柔地抚摸着小云雀说。

我们来到林边空地上。我给孩子们讲，秋天时，候鸟会成群结队一起飞到很远的地方去。只有一些孤苦伶仃的鸟儿被遗弃在荒凉的田野里，有的是因为翅膀受了伤，有的是从那些猛兽的利爪下逃脱时受的伤……可是，严酷的寒冬还有暴风雪很快就要到来了。等待这只云雀的将是什么？可怜的小鸟一定会被冻死的。可是它唱的歌多动听，让春夏的田野里充满了悠扬的歌声。但是，你们有谁知道，严寒中手指冻僵的时候有多疼？凛冽的寒风吹得人近乎窒息时有多痛？你们可以回到家，烤着

温暖的炉火……可是小鸟又能到哪里去？谁来管它？它会冻僵的。

"我们不会让云雀死掉的，"瓦里亚说，"我们会把它放到温暖的地方，给它搭个窝，让它等待春天的到来……"

孩子们开始争先恐后地说出自己的主意，想着怎么才能给云雀搭一个窝。每个人都想把小鸟带回自己家过冬，只有科利亚、托利亚和其他几个男孩子一直没说话。

"孩子们，为什么要把云雀带回家呢？我们就在学校里给它搭一个温暖舒适的窝，然后喂它，给它治疗伤口，春天就把它放回到蓝天中。"

我们把云雀带回学校，放进笼子，然

后将笼子放到为孩子们腾出的一个房间里。每天早上都会有一个孩子来照顾小云雀。饲料由孩子们带来。几天之后，卡佳带来了一只啄木鸟，是她父亲在森林里发现的。它可能是被猛禽抓伤了，后来又奇迹般逃脱了。啄木鸟的翅膀无力地耷拉着，背部还凝着血。我们没人知道该给啄木鸟

吃什么，吃虫子吗？还是其他什么？去哪里找，树皮里吗？

"这个我知道，"科利亚有些得意扬扬地说，"它不仅吃小甲虫和苍蝇，还吃柳芽和草籽呢。我还见过……"他本想再说点，但是有些不好意思了。可能是他捉过啄木鸟。

"那好呀，既然你知道怎么喂啄木鸟，那你给它准备吃的吧。你看它的眼神多可怜呀。"

科利亚开始每天喂小鸟。但是他还没对小生物有怜悯之情。只是被小朋友们夸赞（看，我们科利亚好厉害啊，竟然知道鸟吃什么），他觉得很开心。

于是，科利亚开始每天喂小鸟。被小朋友们夸赞，他觉得很开心。

栽花与摘花

　　少先队员们在学校的偏僻角落里栽了菊花。秋天，白色、蓝色、粉色的花朵在这里盛开。一个风和日丽的温暖秋日，我带着孩子们来到这里。看到这么多花儿，孩子们十分兴奋。但是痛苦的经历让我确信：孩子们因美而产生的欢喜常常是自私利己的。孩子们可能会摘花，并且丝毫不觉得有什么不道德。这一次就发生了这样的事。转眼间我就看到孩子们手中已拿着一朵、两朵花儿。当剩下的花儿不到一半时，卡佳大声喊道：

"菊花可以摘吗？"

她的话中没有丝毫惊讶或愤慨，只是在询问。我什么都没有回答。就让这天成为孩子们的一堂课吧。他们又摘了几朵花，角落的美景就这么消逝了，草坪光秃秃的有些荒凉。孩子们心中因美而产生的喜悦之情也随之消失了。他们手里拿着鲜花，不知所措。

"怎么样，孩子们，这个角落还美吗？"我问道，"你们把花儿摘了，剩下的这些秆儿好看吗？"

孩子们沉默不语，随后几个孩子异口同声地答道："不，不好看……"

"现在，我们到哪儿去看花儿呢？"

"这些花是少先队员们栽种的。"我告诉孩子们，"他们一定会再来的。他们再来赏花时，会看到什么？不要忘了，你们生活在众生之中。每个人都想欣赏美。咱

们学校里倒是有许许多多的花。但若是每个学生采一朵，会怎么样呢？会一无所剩。所有人都没有什么花可欣赏了。应该创造美，而不是破坏美、毁坏美。秋天来了，天也要转凉了。我们把这些花移到温室中去，将来我们就又可以欣赏它们的美了。想要摘一朵花，就需要培育十朵。"

几天后，我们去了另外一片草地，那里的菊花更多。孩子们不再摘花了，只是欣赏着花的美。

不可战胜者队

　　我们面前是一处被太阳炙烤的光秃秃的坡地。少年们决定："这里将为人们建造一个休憩园。"

　　我们在斜坡上挖坑种苹果树。一项漫长而艰苦的工作开始了，这项工作在少年们的精神生活中构成了一个完整的时期。夏季和秋季时需要给树浇水，否则它们会干枯。而要浇水的话，每次都需要担来近千桶水。冬季要把雪堆在树木周围，保护树木免受野兔侵害。

这项工作开始一年后，少先队还接手了另一项任务：我们开辟了一个葡萄园，将同样被遗忘的贫瘠小山丘开垦出来，然后松土、挖深坑、种植嫩小幼苗、做水土流失防护。葡萄比苹果树需要更多的劳动和照料。在每一丛葡萄架下，少年们都培上了大量肥沃的土壤。这不是单纯的劳动，而是一场战斗。大家都觉得自己是志同道合的战士。极少有人提到集体荣誉，但正是集体的荣誉感激励大

家克服困难。每个
人都感觉到自己对集体
的责任感。绿色的幼芽让
我们感到喜悦，它们成了我们
集体美德的体现。

　　两年后，当我的学生六年级毕业时，
休憩园和葡萄园遭受了自然灾害——干旱
的侵袭。大自然似乎在考验我们，大地在
太阳的炙烤下出现了裂缝。

　　在烈日炎炎的六月里的一天，当
我们来到休憩园，看到因酷热而
枯萎的树叶时，不禁问道：
"难道我们要就此退缩
吗？"

"不，我们绝不退缩。"少先队员们向自己许下诺言。

当天晚上，少年们用一个响亮的、富有表现力的名称"不可战胜者"来称呼自己的集体。这是一种独特的富有浪漫主义色彩的誓言："绝不向恶劣天气这个敌人屈服，也绝不向自己懒惰、不愿劳动的习气妥协。"

几个星期后，这些少年确立了他们不可战胜者队的口号："永远战斗，永不退缩！"这些话号召、激励并鼓舞每个人。除了口号以外，不可战胜者队还有自己的标志——一幅画，这幅画形象鲜明地体现了我们斗争的内容和目的：处于蓝天中烈

日下方的一串葡

萄和一片绿叶。

这幅画的意思是：

无论如何，我们

都会实现生命的

胜利，让葡萄花

开，让美好永存！我们要给人们带来幸福。

　　在坡地上的休憩园里，我们搭建了一

个草棚。每天有两名少先队员在这里值班。

傍晚和夜间都要给树木和葡萄浇水，有时

清晨就要浇水。

　　两年后，我们看到了自己劳动的初步

成果：葡萄枝蔓开始结出果实。大家都感

受到了激动人心的成功的喜悦。

我们把自己的劳动果实分发给学龄前儿童、老人和病人。我们把第一批葡萄送给了在卫国战争前线牺牲的烈士的母亲们，还送给了受全村尊敬的、把自己的一生都献给了农业劳动的爷爷奶奶们。

图书在版编目（CIP）数据

我不是最弱小的 / （苏）苏霍姆林斯基著 ；黎铮，
王丽娟，任立侠译. -- 武汉 ：长江文艺出版社，2025.

1. -- ISBN 978-7-5702-3737-1

Ⅰ. I512.85

中国国家版本馆 CIP 数据核字第 2024BF9910 号

我不是最弱小的

WO BUSHI ZUI RUOXIAO DE

责任编辑：陈欣然　　　　　　　　　责任校对：程华清
封面设计：一壹图书　　　　　　　　责任印制：邱　莉　王光兴

出版：长江出版传媒 ｜ 长江文艺出版社
地址：武汉市雄楚大街 268 号　　　　邮编：430070
发行：长江文艺出版社
http://www.cjlap.com
印刷：武汉新鸿业印务有限公司

开本：640 毫米×970 毫米　　1/16　　　印张：6.25
版次：2025 年 1 月第 1 版　　　　2025 年 1 月第 1 次印刷
字数：25 千字

定价：24.00 元